Ferdinand Heerdegen

Ueber den systematischen Zusammenhang der homerischen Frage

Antigonos

Ferdinand Heerdegen

Ueber den systematischen Zusammenhang der homerischen Frage

Unveränderter Nachdruck der Originalausgabe von 1877.

1. Auflage 2024 | ISBN: 978-3-38634-079-3

Antigonos Verlag ist ein Imprint der Outlook Verlagsgesellschaft mbH.

Verlag: Outlook Verlag GmbH, Zeilweg 44, 60439 Frankfurt, Deutschland, info@outlook-verlag.de
Vertretungsberechtigt: E. Roepke, Zeilweg 44, 60439 Frankfurt, Deutschland
Druck: Libri Plureos GmbH, Friedensallee 273, 22763 Hamburg, Deutschland

Ueber den

systematischen Zusammenhang

der

homerischen Frage.

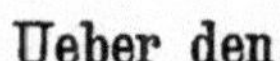

Gratulations-Schrift,

dem philologischen Seminar

an der

Friedrich-Alexanders-Universität zu Erlangen

zur

bevorstehenden Feier seines hundertjährigen Bestandes

gewidmet von

Dr. Ferdinand Heerdegen,

Privatdocenten der Philologie an der genannten Universität.

Erlangen,

A. Deichert (Bläsing's Buchhandlung).

1877.

Vorwort.

Die folgende Betrachtung ist ihrem Inhalt nach hervorgegangen aus der gleichzeitigen Beschäftigung mit dem so höchst dankenswerthen Buche R. Volkmann's: Geschichte und Kritik der Wolf'schen Prolegomena zu Homer. Ein Beitrag zur Geschichte der homerischen Frage. Lpzg. 1874, — und den in diesem Buche nicht berücksichtigten beiden Abhandlungen H. Steinthal's in seiner und Lazarus' Zeitschrift für Völkerpsychologie und Sprachwissenschaft: Das Epos, 5. Bd. (1868), S. 1—57, und: Ueber Homer und insbesondere die Odyssee, 7. Bd. (1871), S. 1—88. Auf diese letzteren beiden Aufsätze ist im Folgenden hauptsächlich Bezug genommen.

Den hocherfreulichen äusseren Anlass zu dem vorliegenden Schriftchen aber gab das demnächst zu begehende Gedächtniss der vor hundert Jahren erfolgten Gründung unseres hiesigen philologischen Seminars.

Möge denn diese Geisteswerkstatt, wie sie nun schon ein Jahrhundert hindurch gethan, auch ferner zu immer neuem Segen mitschaffen an der grossen nationalen Aufgabe, welcher unsere deutschen Hochschulen dienen!

Dazu bringt ihr als einer ihrer ehemaligen Schüler seinen dankbaren Glückwunsch

der Verfasser.

1 *

Ueber den systematischen Zusammenhang der homerischen Frage.

Die Wissenschaft ist, wie das Leben, universell. Und zwar ist sie dies nicht bloss in dem Sinne, von welchem unsere Universitäten den Namen haben, insofern unter sich alle Wissenschaften, um mit Cicero zu reden, habent quoddam commune vinculum et quasi cognatione quadam inter se continentur, d. h. Glieder Einer grossen Familie bilden, — sondern ebensowohl in dem Sinn, dass auch wieder jede Einzelwissenschaft für sich und innerhalb ihres speciellen Bereiches keine Frage von einiger Bedeutung zu lösen vermag, ohne dass zugleich mit dieser einen Frage auch noch andere bedeutungsvolle Fragen ihres Gebiets sei es näher oder ferner mit anklängen.

Eine solche Frage von weittragender Bedeutung ist auf dem Gebiete der klassischen Philologie unstreitig die in eminentem Sinn so genannte homerische. Mag man zu ihr Stellung nehmen wie man will: Niemand wird leugnen, dass sie gar nicht berührt werden kann, ohne dass sich ihr sofort eine Menge anderer grösserer und kleinerer Fragen litteraturhistorischer und sprachhistorischer, kritischer und exegetischer Art associiren, — wie denn umgekehrt auch wieder z. B. die Frage nach der „Echtheit" dieses und jenes homerischen Verses und Gleichnisses, oder die Erklärung gewisser prosodischer, grammatischer und stilistischer Besonderheiten der homerischen Gedichte immer wieder auf die verschiedenen Grundanschau-

ungen vom Ursprung und Wesen der homerischen Poesie überhaupt zu-
rückführen.

Nicht davon jedoch soll hier die Rede sein, welche anderen speciellen
Fragen und inwiefern sie von der homerischen abhängen, sondern davon,
von welchen letzten und höchsten philologischen Principien denn nun ihrer-
seits wieder die homerische Frage abhängig erscheint, in welchem univer-
sellen oder systematischen Zusammenhang sie denn selber steht. Ich
beabsichtige also hiemit nicht, materiell einen neuen Baustein zur
Arbeit an der homerischen Frage zu liefern, wiewohl natürlich auch ich
in dem jetzt bald ein Jahrhundert alten Streit einer bestimmten Partei
angehöre und dieser Parteistandpunkt sich auch in der folgenden Dar-
stellung nicht verleugnen wird. Meine eigentliche Absicht geht vielmehr
dahin: rein formal und so unparteiisch wie möglich ebensowohl das Verhältniss Eines Kunstdichters Homer als einer sich traditionell fixirenden
Volksdichtung zu den allgemeinen Principien anzudeuten, welche in der
systematischen Philologie überhaupt in Frage zu kommen scheinen. Diese
Principien bilden sonach für unsere gesammte Betrachtung die wesentlichste
Voraussetzung und Grundlage, und wir werden uns daher zunächst mit
ihnen etwas eingehender zu beschäftigen haben.

*   *   *

Der Anfang der Geschichte jedes Volkes verbirgt sich in geheimniss-
vollem Dunkel. Dieses Dunkel für diejenigen Völker, deren Geschichte
uns am Meisten am Herzen liegt, immer mehr und immer weiter zurück
aufzuhellen bemüht sich die neuere Wissenschaft erfolgreich auf verschiedenen Wegen; vorgeschichtliche Studien, seien sie nun philologischer,
archäologischer oder sprachwissenschaftlicher Art, sind heute mehr als je
an der Tagesordnung.

Wenn man so von der Vorgeschichte eines Volkes spricht, so
liegt die Frage nahe: hatte denn nun dieses Volk während seiner vor-

geschichtlichen Existenz Geschichte oder nicht? Das Wort „Vorgeschichte" lässt ja an sich (sprachlich) beiderlei Deutung zu; es kann ebenso gut bedeuten: die vorausliegende, vorangehende Geschichte, als: das was vor aller Geschichte liegt, aller Geschichte vorangeht. Doch nicht sowohl oder wenigstens nicht allein auf diese doppelte sprachliche Möglichkeit kommt es im letzten Grunde an, sondern vielmehr, wie sich sogleich zeigen wird, auf den doppelten Begriff, den man mit dem Wort Geschichte selbst verbindet.

Denkt man nämlich bei Geschichte schlechtweg an geschichtliche Entwicklung, an geschichtliches Entstehen und Vergehen, so haben unbedingt alle Völker, selbst die gemeinhin sogenannten ungeschichtlichen, und insbesondere auch alle sogenannten geschichtlichen bereits in vorhistorischer Zeit, Geschichte. Denn ein geschichtliches Wesen ist der Mensch schon durch seine geistige Anlage, und so ist auch keine Form menschlicher Gemeinschaft ohne geschichtlichen Anfang und Fortgang denkbar. In diesem Sinne sind also Vorgeschichte und Geschichte nicht sowohl ausschliessende Gegensätze, sondern dieses der unbestimmte allgemeine, jenes der näher bestimmte untergeordnete Begriff.

Man kann aber Geschichte auch fassen (und fasst sie so gewöhnlich) in dem Sinne von Geschichtschreibung oder besser: Geschichtsbeurkundung. Hierbei kommt es an auf bewusste nationale Ueberlieferung, für welche die Schrift das Hauptmittel ist; denn mündliche, wenn auch noch so strenge Tradition ist doch jeden Augenblick willkürlichen oder unwillkürlichen Eingriffen von Seite Einzelner ausgesetzt. Unter diesem Gesichtspunkt also vermögen Sprache, Sitte, Sage und Religion eines Volkes, selbst wenn sie uns noch so genau bekannt sind, nicht ohne Weiteres als urkundliche Quellen seiner nationalen Geschichte zu genügen, so hochbedeutsam diese vier Richtungen seines geistigen Lebens an und für sich auch sein mögen; erst bestimmte, besonders litterarische Denkmäler seines staatlichen, wissenschaftlichen, rechtlichen und künstlerischen Lebens sind geeignet,

unserem Verlangen nach urkundlichen Quellen zu entsprechen. In diesem
Sinne stehen vorgeschichtliche und geschichtliche Zeit eines Volkes zu
einander allerdings in einem gewissen Gegensatze, und auf diesen Gegensatz, auf sein Wesen und seine Tragweite, müssen wir nun etwas näher
eingehen.

Seine kürzeste Bezeichnung dürfte das eigentliche Wesen dieses Ge-
gensatzes vielleicht finden in den Ausdrücken Naturleben und Culturleben nationalen Volksgeistes. Nur kommt bei diesen Ausdrücken —
unserer eben gepflogenen Auseinandersetzung zufolge — Alles darauf an,
auch für jenes sogenannte Naturleben oder, wie wir auch sagen könnten,
für die naive Stufe nationalen Volkslebens objectives historisches Leben
gelten zu lassen, eben weil und in so weit es ein geistiges ist, während
es allerdings ein subjectiv historisches, d. h. eben ein culturhistori-
sches, auf dieser Stufe noch nicht heissen kann. Abzuweisen ist also in
Folge jenes für beide Stufen des Volksgeistes gemeinsamen und, wie wir
im Verlauf sehen werden, für unsere ganze Beweisführung grundlegenden
objectiv-historischen Moments schon hier die Vorstellung, als habe etwa
dieses (vorhistorische) Naturleben nationalen Geistes und jene spätere
culturhistorische Stufe gar nichts mit einander gemein und als würde die
eine tiefere Stufe durch die andere höhere völlig ausgeschlossen und auf-
gehoben. Das Verhältniss beider Stufen scheint vielmehr folgendes.

Auf der Basis geistigen Naturlebens ruht ohne Ausnahme das geschichtliche Leben jeder Nation. Und zwar nicht etwa bloss in der Weise,
wie der einzelne Mensch zuerst Kind und dann Jüngling und Mann wird,
so dass jene Basis nur zeitlich den Ausgangspunkt ihres Geisteslebens
bildete, der etwa späterhin ein für alle Mal überwunden wäre, sondern
auch so, dass diese Basis die fernere und dauernde Grundlage nationalen
Lebens, nationalgeschichtlicher Entwicklung überhaupt ist und bleibt. Das
Naturleben (vorgeschichtliche Leben) nationalen Volksgeistes hört nicht
etwa plötzlich auf und reisst gleichsam ab, da wo das Culturleben der

Nation einsetzt, sondern die höhere Stufe baut sich allmählich und in ruhigem Uebergang aus jener niedrigeren auf und stützt sich auf sie fortwährend, ungefähr wie das zierliche obere Stockwerk eines stolzen Palastes auf das einfache massige untere. Nur aus dieser äusseren wie inneren, zeitlich stetigen und dauernd wechselseitigen Continuität beider Stufen erklärt sich die jedem Philologen immer wieder sich aufdrängende Erfahrungsthatsache, dass einerseits mit der sinkenden Kraft der Cultur auch die durch dieselbe sonst gehobenen Aeusserungen geistigen Naturlebens: Sprache, Sitte, Sage und Religion, heruntersinken und Noth leiden, und dass andererseits ein Volk, welches eben diese von seinen Vätern überkommenen Güter seines geistigen Naturlebens vernachlässigt oder wegwirft, den Boden seiner ferneren nationalen Geschichte damit aufgibt und trotz aller Verfeinerung oder Ueberfeinerung seiner Cultur einem gewissen Untergange entgegengeht.

Bei dieser Auffassung der Naturstufe nationalen Lebens glauben wir auf alle Fälle den Vorwurf am wenigsten befürchten zu müssen, dass wir die Bedeutung dieser Stufe etwa zu niedrig anschlügen. Andererseits kommt es aber nun auch darauf an, die Bedeutung der zweiten höheren Stufe, der culturhistorischen, nicht zu unterschätzen.

Wie wir nämlich so eben Sprache, Sitte, Sage und Religion eines Volkes als diejenigen vier Hauptrichtungen nannten, in welchen sich, wie wir glauben, nationales geistiges Leben auf seiner Naturstufe manifestirt, so sind es auch, meinen wir, wiederum vier Hauptrichtungen, in welchen sich die geistige Culturthätigkeit einer Nation äussert: Wissenschaft, Recht, Kunst und Staat *). Auch diese vier haben wir oben gelegentlich da, wo von litterarischer Geschichtsbeurkundung die Rede war, schon genannt.

---

*) Gegen Boeckh habe ich diese ganze Eintheilung zu vertheidigen gesucht in den Blättern f. d. bayer. Gymnasial- und Real-Schulwesen, Band XIII (1877), S. 287—298.

Der Gang unserer weiteren Untersuchung, um über das zwischen nationalem Natur- und Culturleben obwaltende Verhältniss genügend in's Reine zu kommen, ist nun einfach der, dass wir jetzt im Einzelnen, so weit es hier eben am Platze ist, feststellen, was diese beiden Reihen geistiger Lebensäusserungen unter sich gemein, dann aber auch, was sie verschieden haben. Wir sprechen zuerst von dem Gemeinsamen.

Sprache ist ihrem Wesen nach Begriffsbildung und Begriffsverbindung; Wort und Satz sind für diese innere Geistesthätigkeit nur die äussere lautliche Form. Mit präciser Bildung und erschöpfender Beziehung von Begriffen hat es aber auch die Wissenschaft zu thun; die Sphäre des Denkens ist also offenbar beiden, der Sprache und der Wissenschaft, gemein. Dabei fällt uns natürlich nicht ein zu verkennen, wie unendlich hoch wissenschaftliches Denken und Wissen über dem naiven Wissen und Denken des Sprachgeistes steht; dennoch stehen beide, wenn das Bild gebraucht werden darf, in gerader vertikaler Linie. Daher die vielseitige Bereicherung und Befruchtung, welche jede nationale Sprache von Seiten nationaler Wissenschaft erfährt; andererseits erscheint auch umgekehrt jene für diese als das allein natürliche und zweckentsprechende Gewand. Für unsere Muttersprache und für die deutsche Wissenschaft war es wenigstens gewiss kein zufälliges Zusammentreffen, dass damals, als die nationale Sprache von den Besten ihres Volkes am meisten verachtet ward, auch unsere nationale Wissenschaft gerade nicht in der höchsten Blüthe stand.

In einem ähnlichen Verhältniss sodann stehen zu einander die Sitte (Privatleben) eines Volkes und sein nationales Recht. Diejenige Rechtsentwicklung, welche aufbaut auf dem Untergrunde nationaler Sitte, ist unstreitig die gesundeste, erspriesslichste und natürlichste. Die Entstehung und Ausbildung des römischen Rechts z. B. dürfte hiefür das beste Muster sein.

Ebenso ferner verhält sich Sage und Kunst, letztere zunächst als Kunstdichtung. Sage ist keine Geschichte, wenigstens ihrem letzten Zweck und Wesen nach nicht; nur ihren Stoff entnimmt sie aus den Begeb-

nissen der Vergangenheit, nicht aber um dieselben wahrheitsgetreu dar-
zustellen, sondern geradezu: — um mit denselben zu spielen. Sage ist
auch keine Religion, wenigstens wieder nicht in erster Linie: auch mit
religiösen Anschauungen, mit vermeintlichen Vorgängen in der Götterwelt
will sie, ohne Arges dabei zu denken, nichts als spielen. Auch diese Begebenheiten sind ihr nur der Stoff, den sie dichterisch modelt und formt
zu geistigem Genuss und künstlerischer Freude. Sage ist also vor Allem
Dichtung, und zwar — eben im Gegensatz zur culturhistorischen Kunst —
Volksdichtung. Von dem Unterschied lyrischer und epischer Volksdichtung
und ihrem genetischen Verhältniss zu einander wollen wir hiebei absehen*).
Dagegen ist durchaus wieder eine Sache für sich die äussere Erscheinung, in welcher die Sage oder epische Volksdichtung ins Leben tritt:
zum „Singen und Sagen" d. h. zu einer metrischen Form seiner Poesie
bringt es natürlich nicht jedes Volk, sondern nur ein in dieser Richtung begabteres; Sage in Prosa ist also doch auch epische Dichtung, wie z. B. die
altindischen (bekanntlich in der Odyssee vielfach anklingenden) Märchen.

---

*) Sehr gewagt sind theilweise die hier einschlagenden Behauptungen Volk-
mann's S. 244—52 seines Buches, namentlich S. 244: Ungeschriebene Gedichte
hat es nie gegeben. Wohl mag es Dichter geben, welche im Stande sind, ein
kleineres Gedicht vollständig bis auf jede Silbe im Kopf zu entwerfen und längere
Zeit mit sich herumzutragen: so lange sie es aber nicht aufgeschrieben haben, haben
sie es einfach nicht gemacht; — und S. 252: Liest man die Schilderungen, welche
Homer von Phemius oder Demodokus giebt, aufmerksam durch, und vergleicht man
sie mit dem, was sich sonst über Sänger und Sangeskunst aus ihm beibringen lässt,
so gewinnt man ganz von selbst den Eindruck, dass die Aöden der Heroischen Zeit
nach der Meinung des Dichters lyrische Improvisatoren gewesen sind, welche . . .
im Kreise der Fürsten ihren Stoff wohl meist aus der Göttersage und nicht Helden-
sage, sondern Heldengeschichte nahmen, denn es sind ja ganz neue Begebenheiten,
welche Phemius und Demodokus ihren Zuhörern auf diesem Gebiete vortragen. —
Solche Schlussfolgerungen riechen denn doch ein bischen nach Studirzimmer und
Schreibtischlampe.

Und nun: welcher Kunstdichter griffe nicht gern hinein in naives Volks-
leben und insbesondere auch zurück in die Geschichten und Legenden
einer früheren roheren, aber einfacheren nnd natürlicheren Zeit? Und
umgekehrt: was haben nicht die griechischen Tragiker aus den „Brosamen
Homer's", was hat nicht anch ein Virgil aus den nationalen Helden-
dichtungen seines Volkes gemacht!

Endlich bliebe uns noch übrig, Religions- und Staatsleben einer Nation
in ihren gegenseitigen Beziehungen zu betrachten; man wird mir dies aber
hier erlassen. Das Bisherige möge genügen, um auf die bedeutsame innere Solidarität der natürlichen und der culturhistorischen Lebenssphäre
nationalen Volksgeistes hinzuweisen. Ebenso wichtig aber, ja noch wich-
tiger ist es uun, auch die wesentlichen und charakteristischen Unter-
schiede beider Sphären im Einzelnen zu verfolgen und aufzuzeigen. Wir
lassen uns hiebei theilweise durch die erste der beiden im Vorwort er-
wähnten Abhandlungen Steinthal's leiten, indem wir insbesondere folgende drei Gesichtspunkte hervorheben zu dürfen glauben.

Der erste charakteristische Gesichtspunkt ist das Verhältniss des einzelnen Individuums zur Gesammtheit. Leben und Arbeit nationaler
Cultur ist durchaus unternommen und geführt von bestimmten Einzelnen,
von persönlichen Individualitäten, welche der Gesammtheit gegenüber mit
ihrem Namen das Verdienst und die Verantwortung ihrer staatlichen, wissenschaftlichen, rechtlichen oder künstlerischen Leistungen tragen. Fragen
wir aber nach diesem Verhältniss beispielsweise bei der Entstehung und
dem Entwicklungsgang einer nationalen Sprache, so gibt es da keinen
ὀνοματουργός τις (Plato), auch nicht mehrere einzelne Grammatiker oder
Gesetzgeber, die da etwa nach persönlichem bestem Ermessen gewaltet
hätten oder walteten, sondern Sprache schafft und entwickelt durchaus nur
der Volksgeist in seiner Gesammtheit, ohne alles oder doch ohne wesent-
liches Zuthun bestimmter Persönlichkeiten. Das zeigt sich auch fortwährend
noch im Gebrauch der Sprache: der Einzelne geniesst zwar die persön-

liche Freiheit des Stils, d. h. er kann und darf aus dem Schatz einer
nationalen Sprache heraus Wort und Wortfügung im einzelnen Fall wählen
und gebrauchen, wie es ihm individuell beliebt und wie er Talent hat,
aber nach individueller Willkür in den organischen Bau einer Sprache ein-
zugreifen, Gesetz und Regel zu missachten, Stoff und Form nach eigenen
augenblicklichen Einfällen umzugestalten, das ist ihm im Ernste nicht ge-
stattet; er steht hierin ganz im Bann eines bestimmenden nationalen Volksgeistes. Ebenso aber wie mit der Sprache verhält sich's auch mit Sitte
und Sage; auch hierin lebt der Einzelne zunächst nur als Glied der ihn
umgebenden und bestimmenden Gesammtheit. Die Sprache eines Volkes,
sagt daher Steinthal, ist von keinem Individuum abhängig: ebenso
nicht die Volksdichtung. Und ausführlich an einer anderen Stelle *): Auf
die Frage, inwiefern von Volksdichtung die Rede sein kann, da doch immer
nur ein Einzelner ein Gedicht schaffen, und ein anderer Einzelner es von
ihm lernen kann . . . erfolgt die Antwort schon daraus, dass wir es mit
dem uncultivirten Geiste zu thun haben. Denn dieser ist immer Geist einer
durch körperliche und geistige Verwandtschaft zusammengehaltenen Menge
von individualitätslosen [?] Menschen, und was in dieser geistig hervor-
gebracht wird, ist Hervorbringung des Gesammtgeistes, des Volkes. Hat
man sich heute schon längst gewöhnt, Sprache beruhend auf Verständniss,
Mythos und Sage und Cultus beruhend auf Glauben, Recht und Sitte
beruhend auf Verkehr, als vom Volksgeist geschaffen anzusehen, so
thue man nur getrost den Schritt weiter, dem Gesammtgeist auch ein
Dichten zuzutrauen, ein Dichten von so gewaltiger Kraft, wie ein einzelner
Dichter sie niemals hatte. — Auf eine gegen diese Sätze zu erhebende,
allerdings wesentliche Einwendung werden wir sogleich unten zu sprechen
kommen; richtig ist, dass im Leben der Cultur jeder Einzelne für sich ein-

---

*) Alle diese und die nächstfolgenden Citate stehen im 5. Bande seiner Zeit-
schrift, S. 2—10.

steht und eben dadurch gewissermassen aus der Gesammtheit individuell
heraustritt, sich auch wohl über sie erhebt, wenn er dazu Beruf und Kraft
hat, wie z. B. ein genialer Staatsmann; auf der Stufe naiven Geisteslebens
dagegen erscheint er zunächst nur als Glied seiner Gemeinschaft, als
„numerus", im besten Falle als ihr Organ. Das Letztere gilt insbesondere
von der Form der Volksdichtung; ihr Inhalt, also die eigentliche Dichtung,
lebt in Aller Herzen und Sinnen; der einzelne Sänger ist nur dazu da,
ihr seine Stimme und sein Wort zu leihen, er gibt ihr nur ihre augen-
blickliche Gestalt und Erscheinung.

Als zweiter charakteristischer Unterschied zwischen geistigem Natur-
und Culturleben erscheint nämlich ferner das Verhältniss von nur augen-
blicklicher, gegenwärtiger Bethätigung und von dauernder, auf die Zukunft
berechneter Leistung, das Leben des Geistes einerseits im kindlichen Bedürfen und Schaffen des Augenblicks, andererseits aber im Gedanken
und Bewusstsein der Vergangenheit und der Zukunft. Nichts Bezeichnen-
deres für einen Kunstdichter als jenes „Exegi monumentum aere perennius"!
Was dagegen der naive Volksgeist schafft, sind zunächst nur Augen-
blicksbilder, Improvisationen; mag doch jeder Tag für das Seinige sorgen.
So lebt Sprache zunächst nur als augenblickliches Sprechen, Sitte als
augenblickliches Benehmen, Sage als augenblickliches Sagen. Steinthal
bemerkt in dieser Hinsicht: Wir haben uns also die Volksdichtung in
vollster Lebendigkeit, Unstätigkeit und Flüssigkeit zu denken; es gilt von
ihr durchaus was von der Sprache gilt, sie ist nicht ein Werk, sondern
eine Kraft; . . . es gibt kein Volksepos, sondern nur Volksepik. — Hier
ist es jedoch an der Zeit und am Orte, gegen Steinthal's Sätze, lediglich in Consequenz unserer massgebenden Grundanschauungen, eine wesentliche Einwendung zu machen.

Schon unter dem an erster Stelle von uns besprochenen Gesichtspunkte, welcher das Verhältniss des Einzelnen zur Gesammtheit betraf,
konnten wir Steinthal nicht ohne Zurückhaltung folgen. Der von ihm

behaupteten völligen Individualitätslosigkeit des uncultivirten Geistes gegenüber *) hatten wir schon vorher in Betreff der Sprache die persönliche Freiheit des Stiles, des Sprachgebrauches, hervorgehoben und hätten dasselbe Reservat eines gewissen, gegen die überwiegenden Einflüsse der Gesammtheit freilich zurücktretenden Masses individueller Freiheit auch für Volkssitte und Volksdichtung machen können. Unter unserem jetzt in Rede stehenden zweiten Gesichtspunkte liegt die gegen Steinthal's allzu allgemeinen Ausspruch zu erhebende Einschränkung in einer sich allmählich bildenden, ich möchte sagen, sich niederschlagenden Tradition. Dass ein solcher traditioneller Niederschlag sich vollziehe, halten wir geradezu für eine im geschichtlichen Wesen des Geistes selbst begründete Naturnothwendigkeit, in und trotz aller Unstetigkeit des Augenblicks, aber doch durchaus auch noch ohne besondere künstliche Berechnung und reflectireude Absicht. Oder woher sollte denn auf einmal die scharfe nationale Bestimmtheit und die mit der fortschreitenden Cultur sich mehr und mehr ausbildende Fixirung der nationalen Sprache, Sitte und Sage jedes einzelnen Volkes kommen, wenn sich nicht schon von allem Anfang an eine Tradition von ganz bestimmter Richtung krystallisirte und ihrem Kerne nach ansetzte? Ohne sie zerflösse ja immer wieder Alles in Wasser wie Nebel, und jeder Tag müsste von Neuem anfangen. Was aber speciell die Volksdichtung betrifft, so legen wir schon hier grossen Nachdruck darauf: nicht allein ihrem Inhalte, sondern auch ihrer äusseren Form nach müssen wir, — ganz unbeschadet dessen, was wir erst so eben über den Sänger als Organ der Gesammtheit sagten, — einen solchen Process einer sich nach und nach befestigenden traditionellen Krystallisation oder Ver-

---

*) Dass Steinthal, indem er hierin viel zu weit geht, sich mit sich selbst in Wiedersprüche verwickelt, hat E. Kammer nachgewiesen (Die Einheit der Odyssee u. s. w. Lpzg. 1873, S. 4—7 und 9), — freilich in einem Tone, der noch weniger ansprechend ist als die in demselben Buche kurz nachher getadelte Polemik Steinthal's gegen Friedländer.

dichtung annehmen, freilich bis zuletzt immer noch verbunden mit einem gewissen augenblicklichen Schwanken, wie es litterarische Kunstdichtung nicht kennt und wodurch sich eben Volksdichtung von ihr bis zuletzt noch unterscheidet. — Darin, dass dieses Schwanken ganz besonders zu Anfang und Ende der Lieder hervortrete, gebe ich Steinthal vollkommen Recht und billige es daher gleichfalls, wenn er es am Schlusse seines bisher von uns citirten ersten Aufsatzes für unmöglich erklärt zu behaupten, die Nibelungen bestünden aus zwanzig Liedern, d. h. zu meinen, die Nibelungen seien in bestimmten, festbegrenzten Liedern gesungen worden *).

Wenden wir uns endlich noch zu dem dritten für Natur- und Culturleben charakteristisch erscheinenden Unterschied, so ist derselbe von Steinthal gleich im Eingang des ersten Abschnittes seiner von uns bisher benützten Abhandlung mit den Worten ausgesprochen: Das Grundmerkmal des Begriffes der Volksdichtung ist der Mangel an Verstandesbildung. Als allgemeines Schlagwort dieses Unterschiedes lässt sich vielleicht am Besten reflectirendes Bewusstsein setzen: — keine Cultur ohne Individualisirung, keine ohne traditionelle Ueberlieferung, keine auch ohne Reflexion. Genauer müssen wir jedoch auch hier wieder sagen: es ist das Mass des Verstandesbewusstseins, welches Cultur- und Naturleben unterscheidet; wenn Steinthal schlechthin vom Mangel an Verstandesbildung spricht, so geht er wohl auch hier zu weit. Denn Verstandesthätigkeit überhaupt lässt sich doch wohl auch dem naiven Volksbewusstsein nicht absprechen. Aber allerdings logische Strenge, Umsicht der Combination, systematische Einheit der Organisation bringt erst die Cultur herein; darin liegt die geistige Zucht, die sie adelt. Dieser Unterschied ist z. B. der Grund, warum

---

*) Man vergleiche noch was Steinthal in seinem zweiten Aufsatz (Ztschr. V, 78) — meiner Ansicht nach vollkommen zutreffend — über Δ 10 bemerkt: Ganz merkwürdig ist das Wort ἀμόϑεν „von irgendwo an". Dieses eine Wort ruft, meine ich, den ganzen Zustand der Epik, wie ich ihn fasse, vor die Seele, gerade wie das oben aus ϑ 500 erwähnte ἔνϑεν ἑλὼν ὡς.

etymologische Sprachbegriffe nicht leicht jemals den Anforderungen wissenschaftlicher Definition entsprechen können; Etymologien sind immer ein sehr unsicheres Hilfsmittel zur wahren Bestimmung eines Sachbegriffs. Daher der vielfache Missbrauch, der zu allen Zeiten mit etymologischen Worterklärungen getrieben wurde: man glaubte eben ohne Weiteres die Begriffe des eigenen entwickelten Denkens in die Wortbildungen eines naiven Volksgeistes hineinlegen zu dürfen. Von der Volksdichtung sagt Steinthal a. a. O.: Allerdings ist der ungebildete Sänger, der Volksdichter, in Gefahr, in Rohheit zu versinken, wie der Kunstdichter leicht ein künstlicher, reflectirter Dichter wird. Und unmittelbar vorher: Dass zur vollsten und reinsten Dichterkraft nicht logische Politur der Begriffe nöthig ist, wird anerkannt; poetische Begabung bei edelem Gemüthe, bei ungetrübtem sittlichen Bewusstsein, bei Geschmack, d. h. natürlichem Sinne für Ebenmass und Einklang reicht ohne Cultur aus, die vollendet schöne Dichtung zu schaffen. Diese Bedingungen können sich in jedem Stande oder bei jeder Beschäftigung einer Nation finden; sie waren vorhanden unter den Edeln der ältesten Hellenen, den Rittern des österreichischen Land - Adels im Uebergange vom 12. zum 13. Jahrhundert, sie sind es noch oder waren es wenigstens noch bis vor kurzem unter den Bauern Finnlands, Serbiens, Russlands.

Schade, dass Steinthal es nicht vermocht hat, in seinen Behauptungen über das Wesen epischer Volksdichtung die rechte Grenze der Verallgemeinerung zu finden; seine Ideen wären sonst von den Philologen wohl mit mehr Bereitwilligkeit aufgenommen worden, als sie es thatsächlich sind. Was uns betrifft, so haben wir zwar schon oben die Differenz, die uns in dieser Beziehung von ihm trennt, bemerkt, doch ist hier am Ende unserer allgemeinen Betrachtung noch ein zusammenfassendes Wort darüber wohl am Platze. Warum können wir Sätze von ihm wie: Das uncultivirte Bewusstsein ist ohne Individualität, — oder: Die Volksdichtung ist nur Energie, nichts objectiv Vorhandenes, nur im Gesang verhallend, — in dieser schroffen Negation unmöglich billigen? Warum mussten wir durchaus aufkeimende freie Individualität, sich fixirende Tradition, erwachendes Verstandesbewusstsein auch schon für die naive Stufe geistigen Volkslebens beanspruchen? Der Grund ist einfach jene Continuität stetiger geschichtlicher Entwicklung, die wir gleich im Eingang dieses Abschnittes betonten und die wir auch seither in allem Einzelnen zu begründen suchten. Dass also zur Entwicklung von Individualität, Tradition, Verstandesbildung bereits die Naturstufe nationalen Lebens die treibenden Keime nothwendig enthalten müsse, dass schon auf dieser Stufe geistigen Volkslebens (in vorgeschichtlicher Zeit) die daraus emporwachsende höhere Stufe der Cultur sich allmählich anbahne und vorbilde, — das ist es hauptsächlich, was wir durch unsere bisherige Auseinandersetzung nachgewiesen zu haben wünschen. Und aus diesem principiell-philologischen oder systematischen Zusammenhang heraus nun wollen wir schliesslich einen orientirenden Blick auf die homerische Frage werfen.

Sind die homerischen Gedichte Volks- oder Kunstdichtung? Auf diesen inneren Wesensunterschied läuft doch wohl in letzter Instanz der eigentliche Streitpunkt der homerischen Frage hinaus, und alle etwaigen Vermittlungstheorien werden sich immer wieder entweder mehr zu der einen oder zu der anderen Auffassung neigen.

Wir haben hier, wie schon gesagt, nicht die Absicht, einen neuen materiellen Beitrag zur Entscheidung dieser Frage zu liefern oder gar selbst eine neue Entscheidung vorzuschlagen, sondern wir wollen lediglich auf Grund der oben von uns dargelegten allgemeinen philologischen Principien, deren Probehaltigkeit vorausgesetzt, zeigen, welche inneren Factoren — denn die von Volkmann behandelte äussere Seite der homerischen Frage soll hier von uns möglichst unberührt bleiben — jeder der beiden eben genannten Hauptstandpunkte nothwendig und vorzugsweise in Rechnung zu ziehen hat.

Nur Ein Punkt bedarf zuvor noch einiger Aufklärung. Ich meine die unleugbare Thatsache einer die Ilias wie die Odyssee in sich zusammenhaltenden organischen d. h. einheitlich gegliederten Composition. In dieser Beziehung ist es zunächst nicht überflüssig, ausdrücklich zu bemerken, dass ich die künstliche und willkürliche Auslegung dieser Einheit als einer von einem bestimmten ethischen Grundgedanken (Strafe der Masslosigkeit) getragenen für unhaltbar und für bereits hinreichend widerlegt ansehe. Einen einheitlich gegliederten epischen Zusammenhang jedes der beiden homerischen Gedichte aber wird, wie gesagt, allerdings Niemand leugnen. Steinthal nennt sie daher „organische Epik" — ein Ausdruck, der uns bereits oben in einem aus dem Schlusse seines Aufsatzes über das Epos entnommenen Citate begegnete, der aber erst völlig verständlich wird durch die Ausführungen Steinthal's im zweiten und dritten Abschnitt desselben Aufsatzes (S. 11—50; der erste, S. 2—10, handelt von dem Wesen der Volksdichtung im Allgemeinen) über die verschiedenen epischen Compositionsformen überhaupt und über das Leben der organischen Epik insbesondere.

Dreierlei Gattungen oder epische Compositionsformen sind es nämlich, welche dort von ihm unterschieden werden: die isolirende, die agglutinirende (beide so genannt nach den entsprechenden Arten des Sprachbaues) und die organische Epik. Als Muster jeder dieser drei Gattungen führt er beispielsweise an: die lyrisch gefärbten Einzellieder der Edda für die erste, die rein biographische Reihe der Cidromanzen für die zweite, und Homer, die Nibelungen, das Lied von Roland für die dritte Art. Auch ich glaube diese Classification in ihren Grundzügen billigen zu müssen; vom technischen Standpunkt aus jedoch näher auf ihre von Steinthal gegebene Begründung einzugehen halte ich hier nicht für meine Aufgabe und beschränke mich desshalb nur auf folgende einzelne, auf die organische Epik allein bezügliche kritische Bemerkung.

Steinthal hebt nämlich wiederholt und, wie mir wenigstens scheint, mit Recht hervor, dass die organische Einheit dieser Art von Epik in ihrem vorlitterarischen Zustande keine concrete objective, sondern nur eine virtuelle oder dynamische gewesen sei, d. h. dass sie bloss als eine ideale Macht gewirkt und nur als solche die wirklichen Stücke eines Ganzen gestaltet habe. Nur in diesem Sinne, sagt er, ist ja auch die Sprache ein System, ein Organismus. Nicht der Grammatiker impft der Sprache die Einheit erst ein, während sie an sich eine blosse Masse einzelner Bausteine wäre; nein, in ihr selbst liegt eine Einheit. Diese Einheit aber ist keine wirklich vorliegende, sondern nur eine sich im Acte der Rede in der Bildung jedes einzelnen Rede-Elementes bethätigende. — Die hier, wie man sieht, zwischen Sprache und organischer Epik gezogene Parallele halte ich nun nicht für glücklich. Die Proportion wird falsch, wenn man Sprache überhaupt in's Verhältniss setzt, nicht zur Epik überhaupt, sondern nur zu einer speciellen Art der letzteren. Sprache hat jedes Volk, aber organische Epik hat nicht jedes Volk, sondern, wie sogleich zu zeigen sein wird, nur ein in besonderer Richtung begabteres. Eine richtige Analogie bildet die Sprache und ihre dynamische Einheit nur gegenüber epischer Volksdichtung oder Sage schlechthin, und in dieser Analogie verhält sich dann der Spracheinheit entsprechend der (in der Regel um einen bestimmten Nationalhelden concentrirte) Kreis der Sage. Und wie wieder innerhalb der grossen Einheit einer nationalen Gesammtsprache Raum ist für die Unter-Einheiten einzelner Dialekte, so innerhalb eines grossen nationalen (z. B. des griechischen) Sagenkreises Raum für verschiedene Local- und Landessagen einzelner Stämme (Achilles, Odysseus; vgl. auch Theseus, Herakles u. s. w.).

Dass es aber nicht alle, sondern nur die allerwenigsten Völker zu einer organisch-einheitlichen Epik brachten, erscheint ebenso wieder als Sache verschiedener dichterischer Begabung, als, wie wir oben sahen, die Fähigkeit, der nationalen Sage nicht bloss ein prosaisches, sondern ein poetisches Gewand zu geben. Freilich aber handelt es sich hier nicht mehr bloss um die Ausdrucksform, sondern um eine organisirende Formung des Stoffes selbst, und dazu gehört eben (nach Steinthal) eine besondere zusammenfassende Kraft, ähnlich wie in den flectirenden Sprachen, eine eigene Organisationsfähigkeit des dichtenden Volksgeistes. Es ist dies, wie ich hinzufügen möchte, bereits eine sich vorbildende dramatische Fähigkeit eines solchen Volksgeistes, die zu ihrer vollen Ausbildung erst später auf der Culturstufe seiner Entwicklung kommt, wie eben besonders im griechischen, aber auch im französischen und deutschen Volk. Erfüllt uns ja doch sonst der griechische Nationalgeist überall, wo er uns in seiner herrlichen Jünglingskraft entgegentritt, mit Staunen und Bewunderung, — warum wollen wir ihm nicht schon in einem „vorgeschichtlichen", aber doch bereits der Culturstufe zureifenden Stadium seines Lebens eine würdige Bethätigung seiner dichterischen, und zwar organisch-dichterischen, Anlage zutrauen?

Doch hiemit genug des Allgemeinen; wir machen jetzt von allem bisher Gesagten auf die homerische Frage folgende specielle Anwendung.

Wer den von uns so eben angedeuteten Grundgedanken Steinthal's einer ideell organisirenden Kraft dichtenden Volksgeistes zu billigen nicht vermag, sondern wer glaubt, gegenüber der organischen Einheit z. B. der Ilias durchaus eines einheitlich schaffenden Kunstdichters zu bedürfen, von dem muss verlangt werden, dass er uns eine überzeugende und das Wesen der Sache erschöpfende Erklärung folgender drei innerer Eigenthümlichkeiten homerischer Poesie gebe:

1) Woher rühren die (durchaus nicht bloss auf unserer subjectiven Empfindung beruhenden) individuellen Verschiedenheiten sowohl des Stiles als des dichterischen Werthes in den einzelnen Partien der Ilias und der Odyssee?

2) Woher rühren die vielen Incongruenzen und Schwankungen der epischen (stofflichen) Tradition, woher jenes förmliche Gewimmel *)

---

von durchaus nicht immer so völlig unbedeutenden sachlichen Widersprüchen?

3) Woher rührt das für einen Kunstdichter geradezu auffallende geringe Mass reflectirenden Selbstbewusstseins, woher insbesondere die naive Formelhaftigkeit und Gebundenheit des Stils und die dennoch damit vereinigte, für einen Kunstdichter geradezu unerklärliche Abwesenheit jeglicher Manier?

Wer dagegen in unseren beiden homerischen Dichtungen die ausgereifte Frucht, das schliessliche litterarische Endergebniss einer langen vorlitterarischen Entwicklung epischen Volksgesanges sieht, welche ohne alles dichterische Zuthun einer bestimmten Persönlichkeit ein bleibendes, in allen Perioden griechischen Geisteslebens gleich werth gehaltenes Nationalgut wurden, der wird aus dem in vorhistorischen Zeiten obwaltenden Verhältniss des einzelnen Individuums zur Gesammtheit, aus dem stetigen, aber im Einzelnen doch immer noch schwankenden Niederschlag der Tradition, aus dem in diesen Zeiten geringeren Mass künstlicher Reflexion und Verstandesbildung jene eben namhaft gemachten drei Eigenthümlichkeiten homerischer Poesie sich erklären. Hingegen kann ihm dafür andererseits die Frage nicht erlassen werden, wie es denn kam, dass aus jener von Steinthal postulirten rein ideellen oder dynamischen Einheit der Gedichte eine concrete und objectiv-litterarische wurde. Aber auch

---

sprüchen, die er, weil es so viele sind, gar nicht einmal alle nennt, ähnliche Fälle aus Virgil zur Seite stellt, so nehmen sich seine 3, höchstens 4 Exemplare denn doch gar zu dürftig aus, und es ist sehr zu bezweifeln, ob Virgil, hätte er seine Aeneis selbst herausgegeben, auch nur diese würde stehen gelassen haben. Die Schwierigkeit ferner, an welcher Dante mit seiner Schilderung der Todten scheitert, liegt eben in einer ganz bestimmten Richtung; homerische Widersprüche dagegen gibt es von allen Sorten. — Auch in Schiller's Dramen hat man bekanntlich Widersprüche bemerkt. Der im Don Carlos dürfte aber vereinsamt bleiben, wenn man bedenkt, dass im Wallenstein die „Wetterstange" (Blitzableiter) Buttler's nicht der Handlung, sondern bloss der bildlichen Ausdrucksweise angehört.

hierüber gibt uns Steinthal, wie ich glaube, befriedigende Auskunft: es bedurfte hiezu einer allerdings zweckbewussten und kunstmässigen, aber nicht dichterischen, sondern rein redactionellen Disposition, einer Diaskeuasie, die aber die organische Einheit beider Epen nicht erst künstlich hineinzulegen hatte, sondern welche nur die gefundene objectiv werden liess und insbesondere allen Schwankungen in der Reihenfolge der Gesänge dadurch ein Ende machte, dass sie jedem einzelnen Stück mit mehr oder weniger Geschick ein für alle Mal seine bestimmte Stellung gab. Aufgeschrieben überhaupt konnten dabei diese einzelnen Gesänge schon längst vorher sein; auch dies konnte schon zuvor verlangt werden, dass von den mehr oder weniger unter einander abweichenden buchmässigen („libros" Cic.) Niederschriften immer je eine bestimmte massgebend (officiell) wurde (Solon: ἐξ ὑποβολῆς ῥαψῳδεῖσθαι?), — erst lange nachher brauchte jene kräftige Hand zu kommen, welche anstatt des mit der Zeit in Schlendrian ausartenden Beliebens in der Verknüpfung dieser bisher nur durch einen ideellen Rahmen umschlossenen Einzelstücke eine endgiltige redactionelle Ordnung schuf (Pisistratus; und Hipparch: ἐξ ὑπολήψεως?).

Dass die Griechen der Blüthezeit nothwendig die von ihnen so gefeierten homerischen Gedichte für Kunstdichtung halten mussten, dass sie von dem Wesen und Entstehen epischer Volksdichtung so wenig eine Ahnung haben konnten, als von dem Wesen und Entstehen ihrer eigenen Sprache (vgl. Plato's Kratylus), das lag daran, dass sie selbst noch mitten im Aufschwung ihrer eigenen Cultur begriffen waren und, sogar wenn sie gewollt hätten, ausserhalb ihres eigenen nationalen Horizonts gar nirgends an einer anderen Nation ein ebenbürtiges Object der Vergleichung fanden. Dazu forderte überdies ihre ganze Art zu denken für alle aus vorgeschichtlicher Zeit zu ihnen gekommene Tradition Einen bestimmten concreten Träger, einen persönlichen Repräsentanten; wer oder was aber Homer in Wahrheit und Wirklichkeit war, — wer will es heute noch sagen?